Die Manen

Karoline von Günderode

copyright © 2023 Culturea éditions
Herausgeber: Culturea (34, Hérault)
Druck: BOD - In de Tarpen 42, Norderstedt (Deutschland)
Website: http://culturea.fr
Kontakt: infos@culturea.fr
ISBN:9791041933952
Veröffentlichungsdatum: April 2023
Layout und Design: https://reedsy.com/
Dieses Buch wurde mit der Schriftart Bauer Bodoni gesetzt.

ER WIRT MIR GEBEN

Schüler

Weiser Meister! ich war gestern in den Katakomben der Könige von Schweden. Tags zuvor hatte ich die Geschichte Gustav Adolfs gelesen, und ich nahte mich seinem Sarge mit einem äußerst sonderbaren und schmerzlichen Gefühl; sein Leben und seine Taten gingen vor meinem Geiste vorüber, ich sah zugleich sein Leben und seinen Tod, seine große Tätigkeit und seine tiefe Ruhe, in der er schon dem zweiten Jahrhundert entgegen schlummert. Ich rief mir die dunkle grausenvolle Zeit zurück, in welcher er gelebt hat, und mein Gemüt glich einer Gruft, aus welcher die Schatten der Vergangenheit bleich und schwankend heraufsteigen. Ich weinte um seinen Tod mit heißen Tränen, als sei er heute erst gefallen. Dahin! Verloren! Vergangen! sagte ich mir selbst, sind das alle Früchte eines großen Lebens? Diese Gedanken, diese Gefühle überwältigten mich, ich mußte die Gruft verlassen, ich suchte Zerstreuung, ich suchte andere Schmerzen, aber der unterirdische trübe Geist verfolgt mich allenthalben, ich kann diese Wehmut nicht los werden, sie legt sich wie ein Trauerflor über meine Gegenwart; dies Zeitalter deucht mir schal und leer, ein sehnsuchtsvoller Schmerz zieht mich gewaltig in die Vergangenheit. Dahin! Vergangen! ruft mein Geist. O möchte ich mit vergangen sein! und diese schlechte Zeit nicht gesehen haben, in der die Vorwelt vergeht, an der ihre Größe verloren ist.

Lehrer

Verloren, junger Mensch? Es ist nichts verloren und in keiner Rücksicht; nur unser Auge vermag die lange unendliche Kette von der Ursache zu allen Folgen nicht zu übersehen. Aber wenn du auch dieses nicht bedenken willst, so kannst du doch das nicht verloren und dahin nennen, was dich selbst so stark bewegt und so mächtig auf dich wirkt. Schon lange kenne ich dich, und mich deucht, dein eignes Schicksal und die Gegenwart haben dich kaum so heftig bewegt als das Andenken dieses großen Königs. Lebt er nicht jetzt noch in dir? oder nennst du nur Leben, was im Fleisch und in dem Sichtbaren fortlebt? und ist dir das dahin und verloren, was noch in Gedanken wirkt und da ist?

Schüler

Wenn dies ein Leben ist, so ist es doch nicht mehr als ein bleiches Schattenleben; denn ist die Erinnerung des Gewesenen, Wirklichen mehr als ihre bleichen Schatten dieser Wirklichkeit!

Lehrer

Die positive Gegenwart ist der kleinste und flüchtigste Punkt; indem du die Gegenwart gewahr wirst, ist sie schon vorüber, das Bewußtsein des Genusses liegt immer in der Erinnerung. Das Vergangene kann in diesem Sinn nur betrachtet werden, ob es nun längst oder soeben vergangen, gleichviel.

Schüler

Es ist wahr. So lebt und wirkt aber ein großer Mensch nicht nach seiner Weise in mir fort, sondern nach meiner, nach der Art, wie ich ihn aufnehme, wie ich mich und ob ich mich seiner erinnern will.

Lehrer

Freilich lebt er nur fort in dir, insofern du Sinn für ihn hast, insofern deine Anlage dich fähig macht, ihn zu empfangen in deinem Innern, insofern du etwas mit ihm Homogenes hast; das Fremdartige in dir tritt mit ihm in keine Verbindung, und er kann nicht auf es wirken; und nur mit dieser Einschränkung wirken alle Dinge. Das, wofür du keinen Sinn hast, geht für dich verloren, wie die Farbenwelt dem Blinden.

Schüler

Hieraus folgt, daß nichts ganz verloren geht, daß die Ursachen in ihren Folgen fortwirken (oder wie du dich ausdrückst, *fortleben*), daß sie aber nur auf dasjenige wirken können, das Empfänglichkeit oder Sinn für sie hat.

Meister

Ganz recht!

Schüler

Gut! die Welt und die Vernunft möge genug haben an diesem *nicht verloren sein*, an dieser Art fort zu leben, aber mir ist es nicht genug; eine tiefe Sehnsucht führt mich zurück in den Schoß der Vergangenheit, ich möchte einer unmittelbaren Verbindung mit den Manen der großen Vorzeit stehen.

Lehrer

Hältst du es denn für möglich?

Schüler

Ich hielt es für unmöglich, als noch kein Wunsch mich dahin zog, ja, ich hätte noch vor kurzem jede Frage der Art für töricht gehalten; heute wünsche ich schon, eine Verbindung mit der Geisterwelt möchte möglich sein, ja mir dünkt, ich sei geneigt, sie glaublich zu finden.

Lehrer

Mir deucht, die Manen Gustav Adolfs haben deinem innern Auge zu einer glücklichen Geburt verholfen, und du scheinst mir reif, meine Meinung über diese Gegenstände zu vernehmen. So gewiß alle harmonischen Dinge in einer gewissen Verbindung stehen, sie mag nun sichtbar oder unsichtbar sein, so gewiß stehen auch wir in einer Verbindung mit *dem Teil* der Geisterwelt, der mit uns harmonieret; ein ähnlicher oder gleicher Gedanke in verschiedenen Köpfen, auch wenn sie nie von einander wußten, ist im geistigen Sinne schon eine Verbindung. Der Tod eines Menschen, der in einer solchen Verbindung mit mir stehet, hebt diese Verbindung nicht auf. Der Tod ist ein chemischer Prozeß, eine Scheidung der Kräfte, aber kein Vernichter, er zerreißt das Band zwischen mir und ähnlichen Seelen nicht, das Fortschreiten des einen und das Zurückbleiben des andern aber kann wohl diese Gemeinschaft aufheben, wie ein Mensch, der in allem Vortrefflichen fortgeschritten ist, mit seinem unwissenden und roh gebliebenen Jugendfreud nicht mehr harmonieren wird. Du wirst das Gesagte leicht ganz allgemein und ganz aufs Besondere anwenden können.

Schüler

Vollkommen! Du sagst, Harmonie der Kräfte ist Verbindung; der Tod hebt diese Verbindung nicht auf, indem er nur scheidet, nicht vernichtet.

Lehrer

Ich fügte noch hinzu: das Aufheben dessen, was eigentlich diese Harmonie ausmachte (z. B. Veränderung der Ansichten und Meinungen, wenn die Harmonie gerade darin bestand) müßte auch notwendig diese Verbindung aufheben.

Schüler

Ich hab' es nicht außer der Acht gelassen.

Lehrer

Gut! Eine Verbindung mit Verstorbenen kann also statt haben, insofern sie nicht aufgehört haben, mit uns zu harmonieren?

Schüler

Zugegeben.

Es kommt nur darauf an, diese Verbindung gewahr zu werden. Bloß geistige Kräfte können unsern äußeren Sinnen nicht offenbar werden; sie wirken nicht durch unsere Augen und Ohren auf uns, sondern durch das Organ, durch das allein eine Verbindung mit ihnen möglich ist, durch den innern Sinn, auf ihn wirken sie unmittelbar. Dieser innere Sinn, das tiefste und feinste Seelenorgan, ist bei fast allen Menschen gänzlich unentwickelt und nur dem Keim nach da; das Geräusch der Welt, das Getreibe der Geschäfte, die Gewohnheit, nur *auf* der Oberfläche und nur *die* Oberfläche zu betrachten, lassen es zu keiner Ausbildung, zu keinem deutlichen Bewußtsein kommen, und so wird es nicht allgemein anerkannt, und was sich hier und da zu allen Zeiten in ihm offenbaret hat, hat immer so viele Zweifler und Schmäher gefunden; und bis jetzt ist sein Empfangen und Wirken in äußerst seltnen Menschen die seltenste Individualität. - Ich bin weit davon entfernt, so manchen lächerlichen Geisteserscheinungen und Gesichtern das Wort zu reden; aber ich kann es mir deutlich denken, daß der innere Sinn zu einem Grade affiziert werden kann, nach welchem die Erscheinung des Innern vor das körperliche Auge treten kann, wie gewöhnlich umgekehrt, die äußere Erscheinung vor das Auge des Geistes tritt. So brauche ich nicht alles Wunderbare durch Betrug oder Täuschung der Sinne zu erklären. Doch ich erinnere mich, man nennt in der Sprache der Welt diese Entwicklung des innern Sinns überspannte Einbildung.

Wem also der innere Sinn, das Auge des Geistes, aufgegangen ist, der sieht dem andern unsichtbare, mit ihm verbundene Dinge. Aus diesem innern Sinn sind die Religionen hervorgegangen und so manche Apokalypsen der alten und neuen Zeit. Aus dieser Fähigkeit des innern Sinnes, Verbindungen, die andern Menschen (deren Geistesauge verschlossen ist) unsichtbar sind, wahrzunehmen, entsteht die Prophezeiung, denn sie ist nichts anders als die Gabe, die Verbindung der Gegenwart und Vergangenheit mit der Zukunft, den notwendigen Zusammenhang der Ursachen und Wirkungen zu sehen. Prophezeiung ist Sinn für die Zukunft. Man kann die Wahrsagekunst nicht erlernen, der Sinn für sie ist geheimnisvoll, er entwickelt sich auf eine geheimnisvolle Art; er offenbart sich oft nur wie ein schneller Blitz, der dann von dunkler Nacht wieder begraben wird. Man kann Geister nicht durch Beschwörungen rufen, aber sie können sich dem Geiste offenbaren, das Empfängliche kann sie empfangen, dem innern Sinn können sie erscheinen.

Der Lehrer schwieg, und sein Zuhörer verließ ihn. Mancherlei Gedanken bewegten sein Inneres, und seine ganze Seele strebte, sich das Gehörte zum Eigentum zu machen.